Liliane et Viateur Lefrançois

Un fabuleux voyage à Dragons-village

Illustrations
Guadalupe Trejo

Éditions du Phœnix

Dépôt légal 2007

Imprimé au Canada
Illustrations et graphisme : Guadalupe Trejo
Révision linguistique : Lucie Michaud

Éditions du Phœnix
206, rue Laurier
L'Île Bizard (Montréal)
(Québec) Canada H9C 2W9
Tél.: 514 696-7381 Téléc.: 514 696-7685
www.editionsduphoenix.com

Catalogage avant publication de Bibliothèque et Archives nationales du Québec et Bibliothèque et Archives Canada

Lefrançois, Liliane, 1948-

Un fabuleux voyage à Dragons-village

(Collection Les maîtres rêveurs ; 2)
Pour enfants de 6 ans et plus.

ISBN 978-2-923425-20-7

I. Lefrançois, Viateur. II. Trejo, Guadalupe. III. Titre.

PS8623.E462F32 2007 jC843'.6 C2007-941821-X
PS9623.E462F32 2007
Réimpression 2012

Nous remercions la SODEC de l'aide accordée à notre programme de publication. Nous reconnaissons l'aide financière du gouvernement du Canada par l'entremise du Fonds du livre du Canada pour nos activités d'édition à notre programme de publication.
Nous sollicitons également le Conseil des Arts du Canada. Les Éditions du Phoenix bénéficient également du Programme de crédit d'impôts pour l'édition de livres - Gestion SODEC - du gouvernement du Québec.

Liliane et Viateur Lefrançois

Un fabuleux voyage à Dragons-village

Éditions du Phœnix

L'imagination est plus
importante que le savoir.

Albert Einstein 1879-1955

À nos petits-enfants
et à tous les enfants du monde.

Prologue

Qui sont les maîtres rêveurs ?

Grâce au rêve, Florence, Étienne et Raphaël voyagent et créent des mondes fantastiques peuplés de personnages et d'animaux parfois insolites, tout droit sortis de leur imagination.

Pour atteindre ce monde imaginaire, les trois globe-trotters de Pré-sur-Mer pénètrent dans une vieille cabane de pêcheur. Celle-ci est construite à deux pas de la mer et est habitée par un secret. Florence, Étienne et Raphaël écoutent les vagues déferler sur la plage, installés sur la souche enchantée. Une mystérieuse porte s'ouvre et les trois voyageurs s'envolent vers un monde inconnu, où tout devient possible...

Envole-toi avec eux !

Chapitre 1

Une jolie fillette

— Où es-tu, Noisette ? questionne Florence en se promenant avec sa mère près de la maison familiale.

Le chien répond par une légère caresse du museau pour rassurer sa maîtresse. Noisette s'éloigne rarement d'elle.

Florence demeure dans un petit hameau, tout près de Pré-sur-Mer, un village paisible et accueillant de trois cents habitants. La fillette de sept ans s'y balade parfois avec son ami Étienne. Non-voyante depuis sa naissance, elle se rend à la boulangerie locale en suivant l'odeur du pain chaud et des tartes aux pommes saupoudrées de cannelle. Son chien, un bouvier bernois, la suit comme son ombre.

Tous les gens du village connaissent Florence. Ils la trouvent jolie avec ses longs cheveux blonds retenus par un ruban, son petit nez retroussé et ses pommettes roses.

Son voisin Étienne, qui aura bientôt huit ans, ses parents et la boulangère l'aiment tous beaucoup.

Le garçon lui a dévoilé un grand secret et il attend avec impatience le jour où Florence le suivra dans ses voyages. Il lui demande souvent de l'accompagner à la vieille cabane de pêcheur au bord de la mer, mais la mère de la fillette refuse qu'elle s'aventure sur ce terrain accidenté, parsemé de galets.

Étienne est devenu un explorateur presque par hasard. Toutes les nuits, en rêve, il tombait du haut d'une tour et se réveillait en sueur, hurlant de peur. Un soir, profondément endormi et sous l'emprise d'un affreux cauchemar, le garçon a décidé de se laisser glisser dans un énorme trou. C'est à ce moment-là qu'il a pris conscience de sa capacité à maîtriser ses rêves. Maintenant, non seulement ses cauchemars ne l'effraient plus, mais il voyage au gré de sa volonté.

Cette histoire commence après une tempête, au lendemain d'une mer déchaînée d'automne. Ce jour-là, Étienne trouve sur le rivage une souche ballottée par les vagues, juste à côté de la cabane.

Avec ses racines flottant en tous sens, le bois sculpté par les flots ressemble à une chaise rustique. Elle lui paraît presque magique. Il décide alors de la récupérer et de s'en servir pour se reposer. Après une pénible heure de travail, le garçon réussit à la glisser à l'intérieur. Appuyé sur sa trouvaille, épuisé, il s'endort d'un profond sommeil.

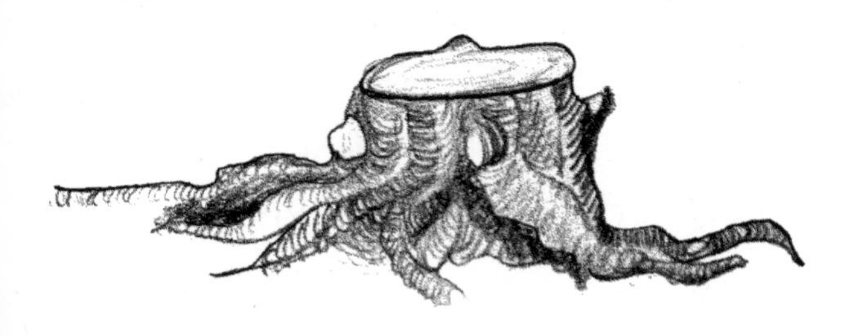

Étienne rêve… et découvre de nouveaux espaces. En pensée, il s'envole tel un oiseau jusqu'aux confins de l'univers pour explorer une étoile oubliée. À partir de la cabane du pêcheur, le jeune voyageur invente une histoire, un pays, une planète où il imagine un monde merveilleux : Dragons-village.

Les jours passent et Étienne visite régulièrement la souche enchantée. Dragons-village est sa destination préférée. En attendant d'y conduire Florence, il observe la nuit étoilée et en admire le reflet sur l'eau sombre. Avec le temps, il devient *maître rêveur*.

Absorbé par ses explorations, Étienne ne remarque pas le manège d'un garçon de son école. Intrigué par les allers et retours fréquents d'Étienne à la falaise, Raphaël épie ses moindres gestes et le suit à distance. Il s'est promis

de grimper jusqu'au dôme du phare pour l'espionner de plus près.

Raphaël est orphelin et l'absence de ses vrais parents le chagrine beaucoup. À cause de cette cruelle différence, il se sent rejeté par ses compagnons de classe. Dans sa triste solitude, il envie la grande amitié qui unit Florence et Étienne. Il aimerait devenir leur copain et marcher main dans la main avec eux sur le chemin bordé de rosiers entre sa maison et le phare de la falaise.

Chapitre 2

Les couleurs de l'arc-en-ciel

La veille, sans se douter de la présence de Raphaël dans les parages, Étienne a visité de nouveau sa planète préférée. Dragonsvillage, la bourgade qu'il y a construite, est devenue au fil de son imagination en tous points semblable à Pré-sur-Mer, sauf que les habitants y sont des dragons minuscules.

Même s'ils ont disparu de la surface de la terre depuis la nuit des temps, les dragons le fascinent. À Dragons-village, ils vivent comme des humains, portent les mêmes prénoms, mais ils sont des dragons.

Ces jolis reptiles, avec des ailes aux couleurs de l'arc-en-ciel, crachent le feu uniquement pour cuire les aliments et se chauffer. Le soir venu, pour émerveiller les dragons-enfants et les récompenser après les leçons et les devoirs, les dragons-parents lancent des feux d'artifice dans le ciel. Cette activité est devenue une tradition et un merveilleux divertissement.

C'est toujours la fête quand le rêveur se présente au bourg imaginaire. Il a nagé dans la rivière en leur compagnie, joué une partie de soccer avec des élèves de l'école et participé à un cirque forain. Le dragon-maire et sa femme, les parents de Mégane et Jérôme, ses dragons-amis, l'ont même invité à prendre un repas à la table familiale.

Le jeune voyageur désire partager son merveilleux univers avec Florence. Elle est sa meilleure amie et, la curiosité aidant, il espère la convaincre de le suivre à Dragons-village.

Cependant, Étienne n'insiste jamais. Il se contente de lui décrire la beauté du paysage marin et celui des montagnes qui, les pieds dans la mer, touchent parfois les nuages.

À l'occasion, pour s'imprégner du visage de son copain et mieux saisir ses éclats de rire, Florence palpe les joues d'Étienne pour en deviner l'effet sur sa frimousse.

— Tes yeux, ils sont de quelle couleur ? demande-t-elle.

— Émeraude, répond Étienne, heureux de l'intérêt que lui porte sa camarade.

— Émeraude, ça ressemble à quoi ?

— Euh… à la mer.

Au contact des doigts de Florence sur son visage, Étienne rit de plus belle.

Florence aimerait voir les cheveux noirs bouclés et le regard de son ami briller comme une pierre précieuse. Un jour, elle espère observer le bleu profond de la mer, distinguer les saisons et l'intensité du soleil. Mais ce qu'elle aimerait par-dessus tout, ce serait d'admirer un arc-en-ciel au-dessus de Pré-sur-Mer, tout comme le lui a décrit son meilleur ami.

— Suis-moi à la cabane, dit Étienne, et certains de tes rêves se réaliseront.

— Dès que j'aurai la permission, je te le promets, répond la fillette, un sourire aux lèvres.

Par chance, son ami Étienne reste présent dans sa vie. Son cœur bat plus vite quand elle entend la voiturette de son voisin rouler sur le trottoir. Elle sait que bientôt la porte de la cuisine s'ouvrira et que sa visite donnera lieu à de joyeux instants de bonheur.

La fillette accepte sa différence, même si elle s'explique mal les raisons qui la maintiennent dans l'obscurité. Florence vit dans la noirceur, mais Étienne et Noisette ensoleillent sa vie de tous les jours. Quand elle confie ses désirs à son chien, il lui donne l'impression de comprendre à la fois sa solitude et ses espoirs. Florence se dit chanceuse de pouvoir compter sur deux amis aussi merveilleux.

La fillette acceptera-t-elle un jour de s'évader dans l'imaginaire avec Étienne ?

Chapitre 3

Le premier voyage de Florence

Étienne a décidé de devenir astronaute. Quand il monte au dôme du phare de Pré-sur-Mer avec le gardien, il imagine les plus belles histoires et des aventures extraordinaires en compagnie de sa meilleure amie.

Aujourd'hui, Florence devine qu'il se passera quelque chose de fantastique dans sa vie. Assise sur le balcon, la fillette semble dormir. Pourtant, elle perçoit tous les bruits de la rue. La lumière du soleil réchauffe la rosée du matin et le parfum des roses chatouille ses narines. Étienne sourit en la voyant et l'admire dans sa jolie robe à fleurs.

— Tu viens à la falaise, aujourd'hui ?

— Oui ! s'exclame la jeune fille. Maman accepte que je t'accompagne.

Pour se rendre à la cabane, Étienne la guide à travers le village et devient ses yeux. Au rythme de ses pas, il lui décrit le paysage, les gens, les maisons, l'église, l'école et les façades des magasins. Noisette, assis dans la voiturette, se promène tel un roi dans son carrosse.

La pâtissière aperçoit le joyeux trio sur le trottoir d'en face.

— Tenez, mes trésors, dégustez-moi ça ! Vous adorerez mes nouvelles brioches à la cannelle, ajoute-t-elle en remettant deux pâtisseries aux promeneurs.

— Merci, madame Simone, répondent les enfants en chœur.

Le terrain étant plus accidenté à l'approche de la mer, Étienne conseille à Florence de monter dans la voiturette. Elle se laisse emmener en riant aux éclats, Noisette sur ses talons. Après une descente en pente raide, ils entrent avec prudence dans la cabane.

Préoccupée par ce premier voyage dans l'imaginaire, même si Étienne lui en a expliqué le déroulement dans les moindres détails, Florence s'assoit sur la souche enchantée, le cœur serré par l'émotion.

Quel bonheur pour Étienne de partager sa grande passion avec sa meilleure amie !

— Avant de partir, il faut me promettre de n'en parler à personne, répète-t-il pour une troisième fois.

— Je peux garder un secret ! répond Florence en relevant un peu plus son petit nez retroussé.

Étienne s'amuse de son air inquiet.

Le garçon s'installe à ses côtés, prend sa main, puis lui demande de ne penser à rien.

— Suis-moi et le rêve deviendra réalité. En moins de deux, nous nous retrouverons sur la planète des dragons.

Les joues en feu, Florence écoute avec attention les conseils de son ami. Tout à coup, elle a la curieuse impression de flotter entre ciel et terre. À travers ses paupières closes, elle perçoit des scintillements et une étrange succession de jets de lumière. Étienne l'entraîne vers un astéroïde perdu quelque part dans l'univers. Ce monde irréel existe-t-il vraiment ?

Chapitre 4

L'oiseau de malheur

Tout au long de ce voyage interplanétaire, des lueurs de plus en plus brillantes enveloppent les deux voyageurs. Un phénomène incroyable se produit lorsque Florence pose les pieds sur le sol tapissé de verdure. Entre deux battements de cils, elle entrevoit la main d'Étienne. Son regard suit le bras du garçon et remonte jusqu'à son visage. Une bouche rieuse, deux yeux verts, un front volontaire surmonté de cheveux noirs bouclés. Son meilleur ami !

Son cœur bat vite dans sa poitrine lorsqu'elle admire son précieux bouvier. Noisette, calme et attentif, la regarde de ses grands yeux inondés de bonté.

— Je rêve ! s'exclame Florence, émerveillée devant ce panorama de couleurs.

— Ici, tes désirs deviennent réalité, lui répond Étienne en souriant. Ce n'est qu'un début, j'ai plusieurs endroits à te faire visiter.

— C'est incroyable ! Étienne, ajoute-t-elle en voyant les villageois arriver.

Zacharie, le dragon-maire, accompagné de Mégane, Jérôme et d'une dizaine de petits dragons, viennent les accueillir. Après une promenade pieds nus sur le sable chaud, une balade en canot, une baignade dans la rivière et une visite éclair à l'aquarium, il les invite à la pâtisserie de la bourgade.

— La pâtissière est aussi gentille que celle de Pré-sur-Mer ! constate Florence.

Mégane et Jérôme leur offrent une pointe de gâteau au chocolat et un verre de lait avant d'aller au parc.

— Je crois que Noisette s'est fait de nouveaux amis, lui aussi, ajoute Florence entre deux bouchées.

Fascinés par le chien, les dragons l’encerclent. Le bouvier bernois devient vite le centre d'attraction de la petite communauté.

À Dragons-village, l'existence coule paisible et heureuse. C'est ainsi qu'Étienne l'a voulu.

— Et si un être méchant, comme ceux qui hantent les cauchemars, s'emparait de ton rêve, qu'arriverait-il, Étienne ? demande Florence avec une pointe d’inquiétude dans la voix.

— Je n'y ai jamais pensé, mais ça m'étonnerait. Ici, il s'agit de MON rêve… Je l'ai inventé de toutes pièces, répond le jeune garçon pour la rassurer.

À peine a-t-il prononcé ces mots qu'un hurlement effrayant

parcourt la région. Les maisons en tremblent, tant le bruit est intense. Apeurée, toute la communauté se précipite dans les rues. Le grognement s'atténue, mais tous perçoivent un sifflement dans l'air.

— Sommes-nous en danger ? demande Mégane en prenant la main de son frère pour le calmer.

— Je veux ma maman… murmure le petit Jérôme.

Florence le serre dans ses bras et réussit à le consoler. Le jeune dragon, la tête appuyée sur l'épaule de la fillette, se sent en sécurité. Au même moment, un immense oiseau noir recouvert d'écailles aux reflets bleutés fend le ciel à grande vitesse. La bête s'approche d'une grange abandonnée, la survole un instant puis,

à la stupéfaction de tous, y met le feu en crachant un fabuleux jet de flammes.

Étonnés, les dragons se figent sur place avant de fuir dans tous les sens. Zacharie essaie de les rassembler, mais la tâche est impossible. Pour échapper à l'animal féroce, Étienne entraîne Florence derrière un rocher. Le brave Noisette, pour protéger ses maîtres, s'éloigne du groupe en zigzaguant. Il jappe pour attirer l'attention. Le dragon en furie lui lance des flammes, mais rate la cible.

Florence regarde la scène avec anxiété.

— Reviens, Noisette ! crie la fillette pour se faire entendre dans la cohue.

Pour rien au monde, elle ne voudrait perdre son meilleur ami et ses yeux dans la vie de tous les jours. Jérôme, maintenant en larmes, s'agite à ses côtés.

— Garde ton calme, murmure Mégane à l'oreille de son frère. Il faut éviter d'attirer l'attention de ce dragon de malheur.

Chapitre 5

Méchant dragon

L'énorme dragon continue de lancer des flammes au-dessus du village. Soudain, Zacharie remarque un voyageur sur le dos du monstre et le pointe de l'aile.

— Raphaël ! s'étonne Étienne.

Le garçon chevauche le dragon. La bête émet de longs cris

stridents et s'amuse à terroriser les villageois. Ses dents pointues, brunies par la chaleur, sont remplies d'écume. Les dragons-enfants hurlent d'effroi à la vue de ses énormes crocs.

— Surpris ? demande Raphaël, dont les yeux noirs sont dissimulés derrière des lunettes de soleil.

Son visage malfaisant et ses cheveux ébouriffés lui donnent un air démoniaque. Un sourire méchant se dessine sur ses lèvres.

— Tu connais cet humain ? s'informe Mégane en tremblant.

Les écailles de sa peau s'entrechoquent et produisent un léger clic ! clic ! Étienne reste sans voix.

— Je bouleverse ton rêve ? interroge de nouveau Raphaël.

— Tu n'as pas le droit d'intervenir dans les songes des autres, répond enfin Étienne. Laisse-nous tranquilles ! Tu peux créer tes propres rêves.

— Fuego et moi trouvons plus excitant de changer les tiens, rétorque-t-il avec méchanceté. Fuego signifie *feu*. Tu vas bientôt savoir pourquoi...

À peine Raphaël a-t-il terminé sa phrase que Fuego se remet à cracher le feu. Il virevolte dans le ciel, pique du nez, puis essaie d'attraper les petits dragons affolés. Il les poursuit avec rage, laissant deux traces de flammes de chaque côté de ses longues ailes noires. Les jeunes courent dans toutes les directions pour échapper au piège. Affolé, Jérôme se sépare de Florence et s'enfuit vers sa maison en bois.

— Noooonnn, crie Florence. Il faut les sauver, Étienne !

Le garçon se concentre et, en pensée, construit des murs de pierre pour retarder le monstre. La bête gigantesque les fracasse l'un après l'autre.

— Aide-moi ! Florence. À deux, nous réussirons.

À son tour, Florence intervient et fait pousser des arbres énormes pour empêcher le dragon d'avancer, mais il parvient à les éviter ou à les brûler. À peine une de ses ailes est-elle écorchée.

Raphaël se lance dans la bataille pour épauler Fuego. Il jette un immense filet au-dessus de la foule et emprisonne plusieurs enfants, dont Jérôme. Le maire, Zacharie, échappe de justesse au piège. Fuego, la gueule encore fumante, s'empare du filet et emporte les petits en direction de la montagne. Les parents, affolés, pleurent et supplient Raphaël de les ramener.

Un grand éclat de rire répond à leurs supplications.

— Maintenant, débrouillez-vous avec ce cauchemar ! hurle Raphaël en riant de plus belle. Ce n'est que le début de la terreur.

Au même moment, tel un épais manteau d'étoffe, un immense nuage noir envahit le ciel de Dragons-village et recouvre les lieux.

Les habitants sont déconcertés. Plusieurs enfants sont prisonniers des griffes du terrible Fuego.

Mégane, en pleurs, supplie Étienne et son père de sauver Jérôme et ses amis.

Le rêveur, désemparé devant le chagrin de Mégane, se reproche sa trop grande naïveté. « Mais comment cela a-t-il pu se produire ? »

— C'est ma faute. J'aurais dû prévoir qu'un rêve se transforme parfois en cauchemar, avoue-t-il en se retournant vers Florence, l'air penaud.

— Il faut vite récupérer les enfants, dit-elle en constatant la tristesse et l'angoisse sur tous les visages. Courage !

— Nous les libérerons avant de repartir à Pré-sur-Mer, affirme Étienne les poings serrés.

— Mais où est donc passé Noisette ? demande Florence en

s'apercevant de l'absence de son bouvier. Il est peut-être blessé. Fuego l'a-t-il emporté avec lui ?

— Ton chien était là, il y a une minute à peine, répond Étienne, persuadé de le voir revenir. On doit se fier à son instinct.

Chapitre 6

Prisonniers du dragon

Devant la tournure tragique des évènements, Zacharie, le dragon-maire, propose d'organiser une expédition pour retrouver les jeunes.

— J'ai une idée ! déclare Florence, la voix tremblante d'émotion.

Tous les regards se tournent vers la fillette. La communauté accueille sa proposition et ses explications avec enthousiasme.

Les yeux fermés, Florence pense très, très fort. Soudain, un énorme harfang des neiges apparaît. Les deux amis s'installent sur le dos de l'oiseau et s'envolent, une longue filée de dragons à leur suite.

Un paysage sombre défile jusqu'à la forêt, puis redevient vivant et coloré à l'approche des lacs. Les animaux, petits et grands, arrêtent leur course pour regarder le harfang des neiges, les deux humains et les dragons survoler leur territoire. À la vue des montagnes, le rapace aux yeux jaunes et au plumage blanc atterrit et laisse

descendre ses passagers avant de se volatiliser dans les airs, selon le désir de Florence. Les recherches devront continuer à pied. Zacharie, Florence et Étienne ouvrent la marche.

Durant le trajet, un long silence s'installe. Démuni face aux murailles de pierres qui se dressent soudain devant eux, le groupe hésite avant de reprendre la route. Ils commencent à désespérer lorsque des jappements se font entendre.

— Noisette ! Noisette ! s'exclame Florence, heureuse de revoir son chien.

Le bouvier bernois se dirige vers sa maîtresse pour quêter une caresse. Ses multiples va-et-vient incitent les poursuivants à le suivre en direction des montagnes. Les voyageurs pénètrent dans la forêt à travers une brèche dissimulée par de larges feuilles. Après avoir contourné d'énormes rochers, ils se fraient à grand-peine un chemin parmi des arbustes aux branches couvertes d'épines.

Tout est sinistre. Entreraient-ils dans le sombre univers de Raphaël ?

Par la force de sa volonté, Florence transplante des pommiers et des poiriers en fleurs, mais les arbres meurent sur-le-champ. Préférant économiser ses énergies, la fillette n'insiste pas.

Noisette les conduit dans un pré à l'herbe desséchée. Une montagne aux parois rocheuses parsemées d'arbrisseaux rabougris leur bloque la route. Le groupe s'arrête un moment, puis se questionne sur le chemin à parcourir. Mais le chien fait des bonds, court vers eux, puis recommence son manège.

Mégane aperçoit alors une caverne assez grande pour laisser passer Fuego, le méchant dragon. Malgré leur crainte, tous pénètrent à l'intérieur. De toute évidence, ils ont trouvé le repère du voleur d'enfants. Raphaël y a créé une vraie cathédrale, austère, grise et affreuse. De l'eau coule sur les parois et forme un petit lac au fond de la grotte. Partout, des galeries obscures et des escaliers tordus en colimaçon donnent à la création de Raphaël une impression de tristesse et d'horreur.

— C'est laid, murmure Étienne. Sans doute le cauchemar de Raphaël qui se prolonge.

— Gardons le silence, suggère Zacharie, et explorons la caverne. Nous devons absolument retrouver les petits.

— Fuego les surveille sûrement, suppose Mégane en essuyant une larme.

Un grognement épouvantable traverse l'air et met fin à la conversation. Le bruit est suivi par des lueurs diffuses en provenance de la troisième galerie.

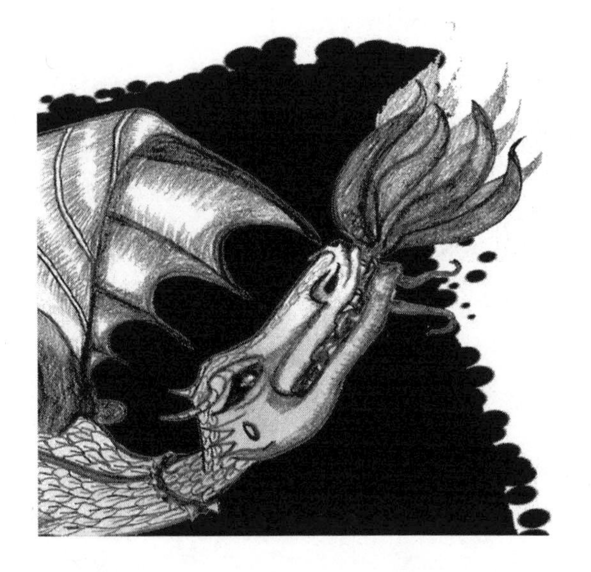

Chapitre 7

Est-il trop tard ?

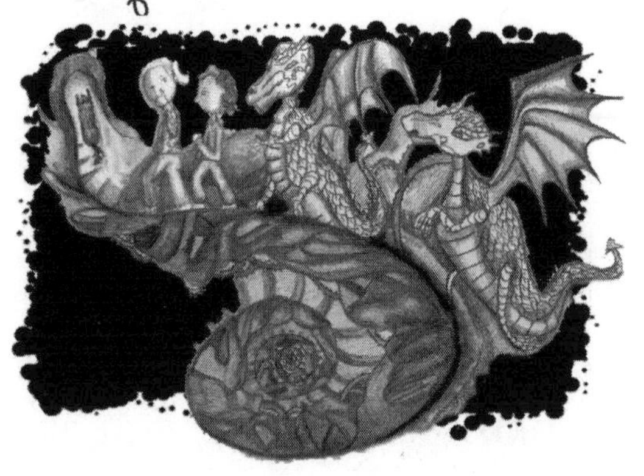

Le moment de stupeur passé, prêts à tout pour sauver les petits des griffes de Fuego, les parents décident de grimper l'escalier entre les parois étroites de la grotte. Malgré la peur, ils cherchent dans tous les recoins.

— Marchons en silence, recommande Étienne, nous devons prendre Raphaël et son dragon par surprise.

— Va, Noisette ! Conduis-nous vers les enfants, murmure Florence à l'oreille de son chien.

Pour l'encourager, sa main lui caresse le dos et ses doigts glissent entre les poils de son pelage. Heureux, le chien grimpe les marches deux par deux. Étienne tente de sauter directement au troisième étage, mais une force inconnue neutralise la magie du rêve. Florence essaie à son tour, sans succès.

— Soyons prudents, conclut la jeune fille. Raphaël est très fort et nous mettra des bâtons dans les roues.

Le prénom de Raphaël étant prononcé, ce dernier apparaît sur le balcon de la troisième galerie. Son sourire cynique n'annonce rien de réjouissant.

— Regardez ! il est là-haut ! dit Étienne.

— Vous n'en avez pas fini avec moi ! hurle le garçon comme s'il s'adressait à de dangereux ennemis.

— Tu es seul contre nous tous, réplique Étienne pour le ramener à la réalité. Nous sommes ici pour récupérer nos amis, les dragons-enfants.

Un éclat de rire accueille ces paroles.

— Rends-nous les enfants, ordonne Zacharie à son tour.

— Venez les chercher ! répond Raphaël, fanfaron.

Sur ces mots, Fuego survole les intrus en tenant dans sa gueule une cage au bout d'une chaîne. La stupéfaction se lit sur le visage des parents. Ils se sentent impuissants. Les dragons-enfants pleurent et tendent les bras vers papa et maman.

— Un geste de ma part et Fuego les réduira en cendres...

— Que veux-tu en échange ? s'informe Florence.

— Rien !

— Quel est ton but, alors ?

— M'amuser. J'ai appris en te surveillant, mon cher Étienne. J'ai tout ce que je désire avec les rêves.

— Je crée le bonheur autour de moi, pas le malheur !

— Tu as la chance de vivre avec ta famille, tes frères et tes sœurs. Moi, depuis des années, je suis seul, sans mes parents.

— Dans la vraie vie, j'ai besoin d'aide pour me déplacer, dit Florence. Pourtant, ici, je vois. Je distingue les couleurs, j'apprécie le moment présent.

— Nous sommes différents ! C'est tout.

— On se ressemble, continue Étienne. Tu aurais pu créer l'environnement qui te manque le plus, celui que tu désires depuis longtemps, t'inventer une famille qui t'aime, répandre le bonheur autour de toi.

— Il est trop tard pour moi, déclare Raphaël, les yeux assombris par la tristesse.

— Il n'est jamais trop tard pour maîtriser nos rêves, répond Étienne, fier de sa réplique.

Chapitre 8
Réflexion

Pendant la discussion entre les deux garçons, Noisette, suivi de près par Florence, grimpe les escaliers et, avec prudence, s'approche de Raphaël.

— Demande à Fuego de déposer la cage sur le sol, supplie un papa inquiet. Un accident pourrait arriver. Les enfants sont effrayés et les parents seraient soulagés de les savoir en sécurité.

Raphaël paraît absent. Il réfléchit aux paroles de Florence et d'Étienne. Après quelques instants, le garçon ordonne à la bête d'obéir. Florence se dissimule derrière une colonne, tout près de Raphaël.

Étienne continue de lui parler :

— Moi, à ta place, je mettrais fin à ce cauchemar. Je transformerais cette caverne lugubre en un magnifique château ! J'installerais des fontaines lumineuses au centre des jardins, que j'égaierais de fleurs multicolores et de sculptures.

Raphaël semble de plus en plus triste. Sa tête est penchée et ses paupières sont closes.

— Je m'entourerais de gens sympathiques. Je me ferais de bons amis. Je les visiterais chaque nuit et à force d'y penser…

— Ça suffit ! Je n’ai pas besoin de toi pour me dire quoi faire, l’interrompt Raphaël le regard sombre.

Mais Étienne continue :

— Maman me dit que si je veux quelque chose et que si je le désire très, très fort, je l'obtiendrai. Moi, je la crois. À toi de choisir.

Raphaël, malheureux comme les pierres, reste silencieux. Le bonheur semble exister pour les autres, jamais pour lui. C'est injuste. Et si Étienne disait vrai ! Pourrait-il régler le problème par sa seule volonté ?

Malgré l'indécision, Raphaël se met à rêver d'une vie meilleure. Il imagine le château comme un endroit agréable à vivre et le voit de la façon dont Étienne l'a décrit.

Au même moment, Noisette fonce sur le garçon et le jette sur le dos. Florence se précipite pour l’aider et entoure Raphaël de ses bras.

En un instant, la caverne se transforme. Fuego s'évapore et la cage disparaît, libérant les enfants. Ailes déployées, ils rejoignent leurs parents en trépignant de joie. Les embrassades et les accolades se succèdent.

Raphaël se relève. Son visage est moins tourmenté, mais une résistance intérieure l'empêche de s'épanouir complètement. Il porte des vêtements neufs et les gens autour le saluent avec gentillesse. Dans un moment de doute et par défi, le garçon arrache sa chemise. Elle retourne aussitôt sur ses épaules ; elle lui colle à la peau. Il voudrait dire aux intrus de quitter son château, ordonner à Fuego de les chasser. Les mots lui restent dans la gorge...

Il baisse les yeux et cesse de résister. Raphaël perd... et gagne. Quand il relève la tête, son regard brille d'un éclat nouveau. Le garçon embrasse Florence et Étienne sur les joues.

Au retour, Zacharie dirige le petit convoi en chantant :

« Vive ! Vive les amis !
Vive ! Vive les dragons ! »

Les jeunes et leurs parents répondent en chœur :

« Vive ! Vive les amis !
Vive ! Vive les chansons ! »

La chanson improvisée est suivie de hourras et de bravos.

Au village, la fête se poursuit jusque tard dans la nuit.

Chapitre 10

L'amitié victorieuse

Après le sauvetage des dragons-enfants, Zacharie a proclamé le grand harfang des neiges l'emblème du village. Depuis ce jour, Raphaël retourne souvent à son château pour rencontrer sa famille imaginaire.

Dans la vraie vie, Florence, Raphaël et Étienne sont devenus inséparables. En rêve, ils visitent les planètes lointaines et parsèment de petits points brillants l'univers infiniment grand. Fuego est radieux lui aussi, toujours prêt à déployer ses longues ailes pour les transporter sur des rivages inconnus.

Lors d'une récente visite à Dragons-village, le maire les a décorés de l'*Ordre des Maîtres rêveurs*, un titre que les trois amis arborent fièrement.

Et pour répondre au désir de Florence, le voyage se termine toujours par un immense arc-en-ciel dans le ciel étoilé de l'astéroïde.

La chanson de Dragons-village

C'est la fête à Dragons-village
Le soleil est sur tous les visages
Nous aurons des invités
Des amis vont nous visiter

Refrain
Vive ! Vive les amis !
Vive ! Vive les dragons !
Vive ! Vive les amis !
Vive ! Vive les chansons !

Quand méchant-dragon est venu
Nos amis nous ont défendus
Ils l'ont chassé de son donjon
Pour redonner la paix à tous les dragons

Vive ! Vive les amis !
Vive ! Vive les dragons !
Vive ! Vive les amis !
Vive ! Vive les chansons !

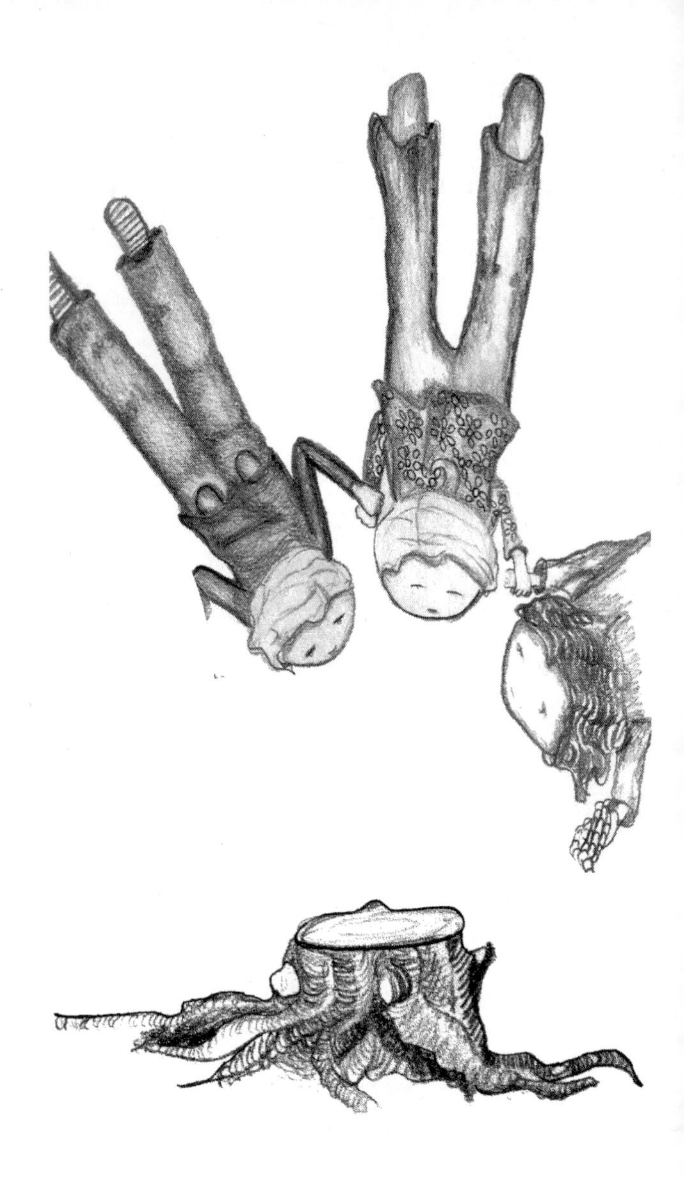

TABLE DES MATIÈRES

Liliane et Viateur Lefrançois

Bonjour ! Nous sommes les auteurs du livre que tu viens de lire.

Lorsque nous étions enfants, nous avions peur du noir et, souvent, nous faisions des cauchemars. Si tu en fais aussi, nous te dévoilons un grand secret : il est possible de maîtriser ses rêves.

Nous aimons aussi beaucoup lire et écrire. Nous avons encore plein d'idées pour te préparer des romans palpitants en compagnie des « maîtres rêveurs » !

Bonne lecture à toi !

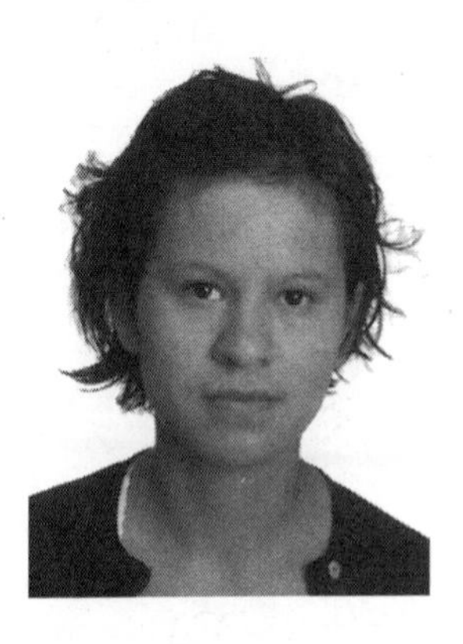

Guadalupe Trejo

Guadalupe est une artiste multidisciplinaire qui a toujours été fascinée par l'imaginaire des enfants.

Montréalaise d'origine mexicaine, elle travaille depuis maintenant huit ans dans le milieu de la communication graphique à Montréal et à Mexico. Elle enseigne aussi la photographie aux adolescents.

Elle se dit fière de faire partie de la tribu du Phœnix.

Récents titres dans la Collection Oiseau-mouche

Shawinigan et Shipshaw, d'Isabelle Larouche, illustré par Nadia Berghella.

Le renne de Robin de Diane Groulx, illustré par Julie Rémillard-Bélanger.

Le cadeau du vent, de Josée Ouimet, illustré par Julie Rémillard-Bélanger.

Pince-nez, le crabe en conserve, de François Barcelo, illustré par Nadia Berghella.

Opération pièges à chats ! d'Isabelle Larouche, illustré par Nadia Berghella.

Collection Les maîtres rêveurs

Une folle histoire de pieds !, de Claire Mallet, illustré par Hélène Meunier.

Recueils d'activités pédagogiques
disponibles sur le site
www.editionsduphoenix.com

Récents titres dans la Collection Œil-de-chat

Otages au pays du quetzal sacré, de Viateur Lefrançois, illustré par Guadalupe Trejo.

Un pirate, un trésor, quelle Histoire ! de Louise Tondreau-Levert, illustré par Hélène Meunier.

Ziri et ses tirelires, de Wahmed Ben Younès, illustré par Guadalupe Trejo.

Mabel, de Lindsay Trentinella, illustré par Hélène Meunier.

Léo sur l'eau, de Françoise Lepage, illustré par Nadia Berghella.

La médaille perdue, de Marc Couture, illustré par Yan-Sol.

Le miracle de Juliette, de Pauline Gill, illustré par Réjean Roy.

Chevaux des dunes, de Viateur Lefrançois, illustré par Hélène Meunier.

Alerte au village ! de Michel Lavoie, illustré par Guadalupe Trejo.

Les naufragés de Chélon, d'Annie Bacon, illustré par Sarah Chamaillard.

Achevé d'imprimer
sur les presses de l'imprimerie Gauvin,
Gatineau, Québec, Canada